U0012773

過動公寓

It's the caffeine dancing

王 和 平
peace wong

敬我們的過動公寓

被咖啡因控制我，總是
變得過動
總是
被咖啡因控制
我總是
總是

敲門敲門
　　敲
敲每一道看得見看不見的門敲
敲敲敲門敲敲門敲敲
敲，敲每一道看得見的門看不見的門總是要
敲不然的話就操操操
總是要
直面衝擊這難免避不開的避避不了的這是———
皮肉傷遍或心難免哈民族路七十一號過動
過動過動公寓我們靠靠著
要要咖啡嗎
要不再來一杯？
過動公寓要咖啡嗎要再來一杯？
我們都會說好。
好，好。
來再一杯！
水燒開一百度：音符，音符，音符。

哈好，好。

走　來　走　去

道　路　中　央

陰　道　明　亮

房　中　房

儀　式　日　常

晃　動　來　還　原

序詩：敬我們的過動公寓

走來走去 I.

走來走去 15
Tony Suggs 16
− 17
蓬萊 18
喔愛？ 19
詮釋再詮釋 20

道路中央 II.

Void 27
黃昏，從路易莎騎單車回家 28
Smooth 29
慢條斯理狗 30
阿 31
嘔吐 32
花無百日紅 33
蜊仔 34
包與本人 35
噢 36
自動波 37
睇 38
上山 39
光之降落 40
歪斜的樹歪斜生長 41

III. 陰道明亮

46 *Mulled Wine*

47 女體崇拜

48 *Labour of Love*

50 一些中場休息

51 冬暖夏涼

52 *she knows every little thing about you*

54 咖啡因過動的星期三

55 咱靈魂不同家

57 撿起我

58 *all of a sudden I miss everyone*

59 不要問我從哪裡來

IV. 房中房

65 我進去了那家書房

68 儀式

69 草地工作坊

70 X 光室

72 液體・原味・俏媽咪

儀式日常　V.

日常：錄音筆記　81

上火車　83

有聊無聊逛宜德　84

二十分鐘　85

無法度按捺　86

收斂水　88

時間　89

日常：嗯　90

渴望成為所有人　91

何處靜好　93

乜都有靈　95

繞圈圈　96

晃動來還原　VI.

？？？　103

表情、速度、音色　104

迷宮內在　110

事後孔明燈　112

晃動來還原　118

後記：洗杯　121

名家推薦　122

推薦跋：張寶云／娥們的海底輪趴踢之舞　129

周夢蝶詩獎得獎感言：尊重所有想飛的人　137

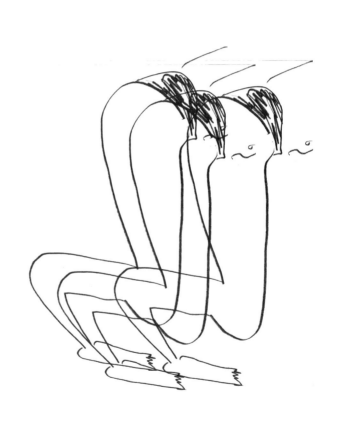

I.

走來走去

走來走去

整個宿舍只有我一個人在
走來走去走來走去
從 a 區走到 b 區
從處女變成熟女

整個宿舍只有我一個人在
走來走去走來走去
從私處走到 c 區
從 4 區走到死去

Tony Suggs

如雷的掌聲我步出劇院步向草叢去
背包一根香蕉幾個芭樂
一些蒜，回家做冷盤
誰會像我們這樣
聽完爵士樂取單車離開
沒有高跟，沒有裙襬
坐我前方的男子的確穿了恤衫皮鞋他多想跳舞打從一開始
當然啊那樣子高潮連連的鼓點身體能忍住不動嗎？
他始終不敢跳舞只有在完場後
騎單車鬆開雙手

從很裡面我們被拯救出來：
他舞踏著去全家
我小碎步回去弄我的小黃瓜

一

這種天氣不就很適合狂妄自大。

蓬萊

情肉互助我說你這樣真不行欵人見人愛我說你
剛吃的菜還留在蓬萊。縫來縫去逢年過節逢場
作戲逢凶化吉我說，總不能如此再人見人愛碰
碰車迎面而來而你沒話說沒話可說怕說不如直
接來。像和平那沒用的水壩蓋來只為了只為為
了盛載傳聞會溢出來的水把國民全淹死。下雨
了———我用尼龍綑縛的襪子全淹濕，引來一
群雜種狗在舔牠們一個一個一個一個。右手的
折疊傘在撲風下反皺整個弧度歷久不衰一如大
喇叭吹響：吹———漲———

喔愛？

只愛那些不愛我的
勝於那些愛我的
當那些不愛我的
跟那些本來就很愛我的走過來說：
「我愛你呀」，突然之間我
就全都不愛

我開心，我轉身走開。

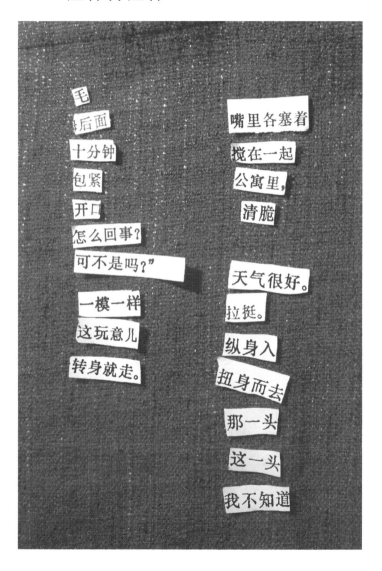

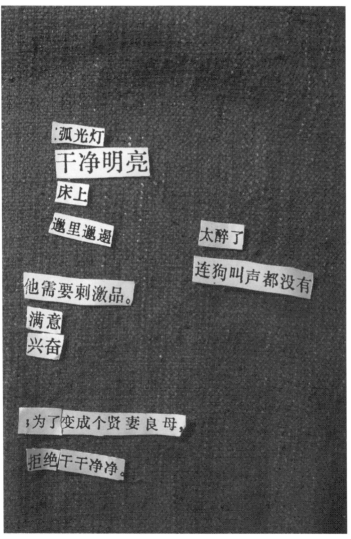

弧光灯

干净明亮

床上

邋里邋遢

太醉了

连狗叫声都没有

他需要刺激品。

满意

兴奋

;为了变成个贤妻良母,

拒绝干干净净。

1 一次影印錯誤,剪貼自海明威短篇小說〈一個乾淨明亮的地方〉。

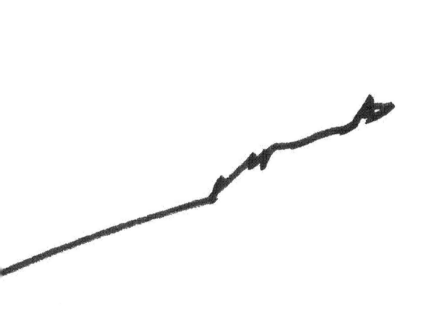

II.

道路中央

Void

意識的房間，半島列車
來去的光
海浪
你

黃昏，從路易莎騎單車回家

月是夜的耳環
雲在高山

舔，都舔。

Smooth

彷彿已獲取一種技能：
從一種分心無縫接換
到另一種
室內———遊移於宇宙
我看見一種白
角落有浪：
四個人，無垠

我聽見風在搖擺葉子在騷
我看見風
我知道鳥兒在飛
我也飛起來了

慢條斯理狗

黑狗慢條斯理
將自己壓平
在光天化日的馬路中央
攤開來
鎮住自己的影子
汽車
它來了它自然繞開：
「那跟我
無關」

我今天就是要躺著
目中無人到黃昏到燈亮
今天我就是要躺著
把自己壓平
攤開
道路中央

阿

每次轉珠之間聽見踟躕
每次阿彌陀佛感知痛苦
猶豫
因而得道

嘔吐

剝皮辣椒一樣剝剝剝
攤開，重傷
「他現場暴斃，沒生命跡象。」
死因：懷才不遇

花無百日紅

（梨想當塑膠花嗎？還是草？）

蜊仔

蜊仔
是我們短暫的寵物
讓牠們色色地吐沙色色地吐沙吧
蜊仔
我們短暫的寵物

包與本人

她穿著熱褲一直在啃那個包
害我很想抓起她的頭髮一直一直吃她本人

噢

巨風關不起來的傘
像突然勃起
軟不掉的陽具
撐著，尷尬

自動波

擺頭查看，轉彎又轉彎
回轉，快速回轉
「不要停，手不要停。」

光天化日他那邊喊

睹

她目睹耶穌受難
言之鑿鑿信誓旦旦
「就在樹幹身上
耶耶穌受難！
就在樹幹身上！」

我走路到對街草叢回頭
自己的房間
房間沒有人
房間幾千百餘韻

上山

上山的時候呼每口煙都迴向我
從此我點每枝香
投入自己

不敬神
絕不敬人

光之降落

你要知道你光之降落，你要知道
抓起來：
用一個蓋子、袋子、舀子、網子、杯子、電視、
本子、湯匙、手雞
不夠來兩支，
催一架飛機、捏一個陶瓷
捏兩個捏他媽的三個、五個、十個
包一打餃子、絆倒一個幌子
抱個妹子、兩個妹子、開把傘子、揚開被子、
張開腳指
登上摩托車
讓風充滿你的風衣
回頭一個蓋子、一個袋子、網子、杯子、本子、
湯匙、手雞
讓風灌滿你的風衣
你要知道你光之降落，
何處、何時
將牠收納、撈起、棒著：
寶貝呀寶貝！

你要知道，
妳必須知道，
你本就知道。

歪斜的樹歪斜生長

像一棵歪斜的樹歪斜生長
生長甭長高
她可以伸長、伸張、後空翻，純粹發燙

我坐這泥巴，我看這泥巴
我佇立我一直凝視：

直到目盲

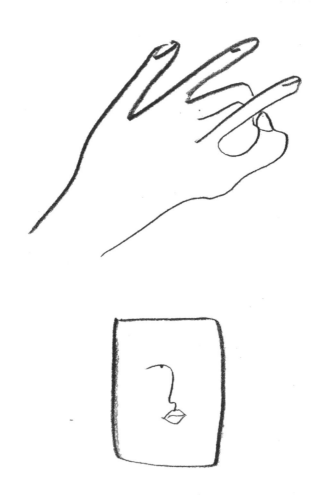

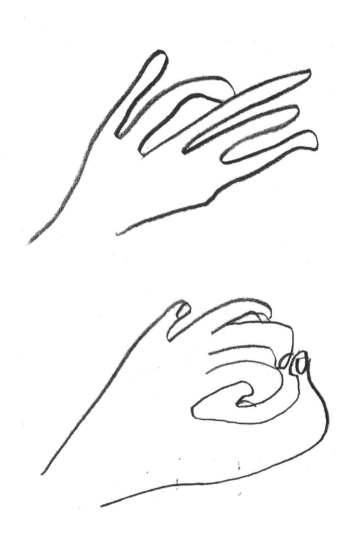

III.

陰道明亮

Mulled Wine

那倒數的凌晨你把我壓倒廚房檯面眼神極餓兇狠
廚具太多我們終意興闌珊衣衫弄整
現在幹嘛呢？
先洗手吧我猜
水嘩啦嘩啦啦又有什麼沒吃過呢水嘩啦嘩啦啦

想到幾天以前我許過的宏圖大願新年發財甫大笑彎著腰：
2020 I wanna be a voluntary geek
祈願我遠離女色專心致志
你回頭繼續切你的菜鏘鏘鏘鏘鏘

女體崇拜

我真很喜歡女人耶我說
總能矯到一個欣賞的角度
只要是女的
只要是女的

妳說她愛女人愛到紋一個陰戶在手臂
我說我真喜歡
諸如此類的極端

妳在我身上搖
妳一搖我就心跳
然後我們輪流哭

我真很喜歡妳身體耶妳說
我真很喜歡這觸感耶妳說
為什麼？
好像為我量身訂做
妳身體的尺寸
符合我

Labour of Love

只記得這些比較愛的人都比較花力氣
前一個害我寫很多日記
天天猛地
一醒來整理自己
如今面對你認識你離開你我走好多路喔
家門走出去來來回
也許買一杯 45 塊的綠豆沙牛奶沿路走
台北山水

說過要買一支艾惟諾乳液這樣我用不著再見你
只要往我身上塗抹妳的味
這樣就不用再見你了我說
「試試看呀」
你回

於是今天
我買了一個 15 塊的紅豆奶油車輪餅
又一杯綠豆沙牛奶沿路走
台北山水
找卻發現不知道哪一支
才是你的味
甚至原來
我有點買不起耶
想起來我跟你說我都剪那 100 塊的髮
你摸摸我的頭
「剪得好」

幸好角落
有那 30 克的迷你潤手乳盛惠 49 我悻悻然帶回家
回家發現那根本不是你的味
燕麥聞起來
像藥水

從此以後我想你我跑出門按壓一支試用裝
把你體味
留我左手手背

「你是左撇子？」
「你是左撇子？」

以後每次我想你我去康是美
每次我想你我去康是美
每次想你我去康是美
直到發現你那支叫做
你那支叫做
洋甘菊

一些中場休息

你給我維他命像餵貓？
你給我煮飯像餵貓？
你給我吃和住像餵貓？

而你洗完澡年輕十歲。

冬暖夏涼

一醒來我套上毛衣
想像五十年後還是一樣
三十年後還是一樣
醒來，套上毛衣
窗廉拉開讓陽光進來

一醒來我套上毛衣
活成老人一樣
只差我有沒有照鏡子

五點鐘就醒來
七點鐘又醒來
不確定身體怎麼了這幾個月我活成老人一樣也幸好這裡
冬暖夏涼
我可以一直不出門

只要一週一次冰箱填滿
有閒錢買牛奶
一排茶果凍
讓孫女來吃我甚至準備了可樂

活成這年歲偶然還是為忽然離開的人心碎一下
就一下下
反正你走就走呀
一醒來我套上毛衣
五十年後大概一樣

she knows every little thing about you

停止諮商：

那不敏感的女子狂灌我奇怪極的建議
邊翻我二手資料邊念錯我名字
那偌大明亮且極其乾淨的房間我無處可逃也只能脫口而出：
你咄咄逼人如我前度

自她嚷我休息
我投進水裡游 20 圈回來騎我整個快散開的單車 15 分鐘回
到家終究躺上床
一躺下我整個起不來
整個起不來耶
每次故作瀟灑又只是一睡不起每次故作瀟灑以後故作神秘
塞一根棉條於是每當我想你
塞一根棉條每當我想你
再塞一根棉條
免得我再想你

九點鐘，一醒來我就撥那通電話撥那通電話說：
「我我要取消這星期三的諮商。」
「這怎麼回事？」
服務台問請問這怎麼回事
怎麼回事？
我怎麼回事？

你問我怎麼回事？
怎麼？回事
　？你覺得我知道？

咖啡因過動的星期三

咖啡因過動的星期三我錯過了一整天工作坊以至
大師級論壇
咖啡因過動的星期三我失控於萬馬奔騰的念頭與衣裳
台北冷不冷有多冷毛衣要帶幾件室內會否太暖
為了參加藝術研討會什麼實驗工作坊惟一切聲音練習
皆可挪後最重要當然盛裝打扮
從花蓮前往台北的列車太平洋一閃而過的魔幻寫實瞬
間我急急放下手上的詩集寧願看海情願看海我當然看
海看浪湧過來
妳比所有語言都古老比所有語言都好看
直至普悠瑪穿過海底隧道山洞口一號我方才
重新舉起手上的詩集咀嚼明亮的句子
chopchopchopchopchop，耀眼
惟遠不及海上星星比天上多的太平洋妳比所有語言都
古老比所有詩句都值得停留

咖啡因過動的星期三
我抵達熱鬧的城鎮時天色已暗
卡爾維諾導我穿過看不見的城市千百：水晶體、馬蹄、
堅挺的乳房
馬可波羅你我未曾相識同為異鄉客
輕盈的城市與慾望萬千你操控著符號熟練
仍不及太平洋

就甭提藝術研討會什麼實驗工作坊 blahblahblah

咱靈魂不同家

把 H 用完即棄的牙刷送丟
潔白、無瑕，甚至來不及弄髒
來不及可惜
不考慮用它刷馬桶刷地板刷球鞋什麼什麼什麼
用完即棄是無需多功能或賦予它更多目的
我宣告：不可惜。

下午，總算等到你千里迢迢寄來的包裹
自我三催四請苦苦哀問：親，我快冷死。
牛皮箱尾尾有進去過？
牠喜歡？是否還記得我

送抵地址你未曾來過
這兒有陽、有山、有螢光
白天則如同蟑螂
風起之時芭蕉葉聽起來也挺吵的

你適合站陽台抽菸
我模仿：
莫希托僅僅穿過洞穴而從未抵達核心
和你他媽的一樣

地址你可曾 Google 地圖看起來
我住路邊
台 11 丙線

整個紙箱反過來沒一句多餘的廢話

有一件多餘的毛衣
明明說過，那件送你
以此作為你為我捎來惟一的訊息

也是 O、K、的。

撿起我

撿起我
想被你撿起拍打
屁股也好
往臉一揮也好
撿起我
肚子 肚子也好
把我吊起打我 打我
掌摑我
再撿起我
掌摑我
粉碎我

我會張開嘴巴乖乖
請你刺穿我
我會脫光我的衣裳乖乖
穿透我

撿起我
先撿起我
往後給你時間充裕再把我摔壞

這幾分鐘我需要你撿起我

all of a sudden I miss everyone

在你身體的皺摺間爬行、確認輪廓、凸起來的骨骼
該敏感的部位我都照辦關照過

看著這一片肉色許許多名字浮現，全混在一起
是我太不熟妳還怎樣
是你名字太難記還怎樣
還是你們全非我母語系？是否
突然誰一臉陶醉：
「噢你身體很香，我最喜歡香」
彷彿我不過什麼肥皂香水
這味道可以，載體隨便

看著這一片肉色的海許許多名字同時浮現，全混在一起
2020 年來我總是想起天空爆炸那張專輯：
all of a sudden I miss everyone，多軌同步、多谷同時
你們合起來就是我，其實都是我
只是突然誰又開口說：我怕我傷害到你

唉，又以為你是誰。

不要問我從哪裡來

我來自子宮

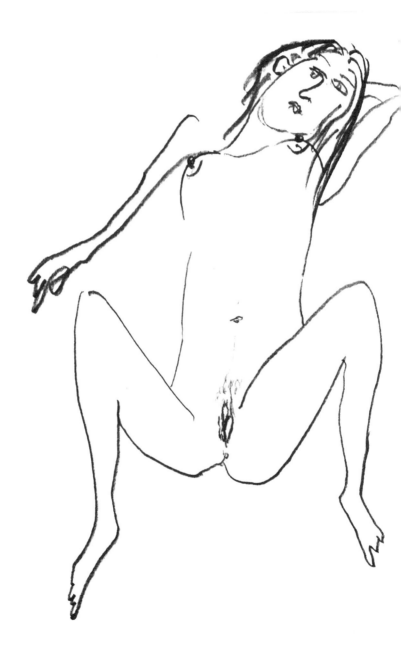

IV.

房中房

我進去了那家書房

而我進去了那家書房，
房中房有吉他顫動，反覆、來回，
現場音效。
他正在寫歌呢，嬰兒
來得斷續。

甫進去店主告訴我店的由來，
我偷聽後方他們說：
「採一些地瓜葉，我們就煮一頓飯。」
你又跟我說：
「即將，我正籌備山上再開一家書房。」
就在，就在我剛離開的地方——

書櫃有書、有詩，我也試圖尋找自己的，
不果。我進去吉他手的房間見證，
是真的吉他和其創作者，正公開寫歌呢，
如同寫歌也是一種表演。不知為何就
我有點尷尬：
瞄過一遍書名就離開不打擾，旋律——

書桌那邊我讀，一本阿巴斯：
新書有點貴捨不得買還
一直手機拍，
谷高下一頓飯我吃什麼？
店家開始開會了：
山上書舍的裝潢與設計與此同時，
垃圾車聲長鳴。

空中樓閣也要藍圖、也要丟垃圾的，
原來。
從房中房出來吉他手拿著他的錄音機，
跟隨他是剛逝去的空氣，鎖住在機器

他口中念念不忘尚在吟唱，
正在譜寫的句子與韻律，
公開創作得如此公開如同駐村表演不知道為何為何就，
我有點尷尬，嬰兒，
繼續念阿巴斯。

地瓜葉已經採好了她，棒著一窩菜正要煮一頓飯。
一秒鐘尚在踟躕，
下一秒又暗自期待會否有人邀我一起用餐，
如何，
店家的聲音呻吟聲音呻吟聲音呻吟其實頗為動聽有一刻我
心動，默默，兀自———
沒有。
阿巴斯看完一半要拍的都拍完還公諸於世，
我拿一本二手的太古和其他的時間付費，
他要我從六張書籤裡抽一，測看我今天狀態，如何
燕子，朱少麟：

「路走得遠了，又左拐右彎———」

這是家奇怪的書房因為奇怪的人如此理直氣壯
還腳踏實地，
害我也如此尷尬我自己———
櫃子裡安放、
寧多穿戴一件斗篷隱形也不願直視：
創作，
即本命。

儀式

虛擬空間，無形的線
哭著哭著舞還是要跳完
九十歲好美的阿嬤
突然之間我想活得很老
容許必然的皺摺
如何離別前把抱抱完
把話說完整
走完一個圈

草地工作坊

一群穿衣的禽獸
多值得懷疑
床上的親暱
滾到大太陽底
我說我比較喜歡那顆葡萄乾呀
放手心
我睜大眼睛
那明明是個陰唇裸露
於是我舔
就想起妳

從我的身體
變成一張衛生紙
變兩張
我跟隨牠的柔軟
愈薄，愈透亮
垂到最底是草香
柔到最盡棉花糖
著地無聲
掩耳盜鈴

我不知道

X 光室

從 X 光室出來，二樓
邊走路邊懷疑我是否患癌
三十歲就面臨：
化療、手術、瀕死
一堆未完成的作品
淪為筆記

我照完 X 光回來
玉帛相見
醫生發現：
「你大便真多，
胃都沒有在動。」

「所以我，
沒癌？」
從 X 光室回來
他看穿我器官
始告訴我來歷，身世：
「外冷內熱」
怕我聽不懂還寫出來：
「對人好，
對自己，也好一點。」

「有衛生紙嗎？」
我問姑娘，
「胃醫師開給我抗憂鬱劑，」

我不知是胃
還是心
「別吃那種東西———」
我累了。

「多走走
人在異域，
照顧好自己。」

靈的醫師燒一把火
頭頂掃描到腳底：
「你腸胃不好，
多注意。」

從廟走出來，腳踏土地
我不知道是胃，是魔
還是心。

液體・原味・俏媽咪

特價商品和平店恕不特賣

夏威夷

人氣

冰火

雪樂

俏媽咪

達人上菜

杜老爺

愛之味

飲

春風 得意

俏媽咪

瞬吸舒爽

妙而舒

情人
抽取

家是美

妙管家

液體香水

原味

快樂馬

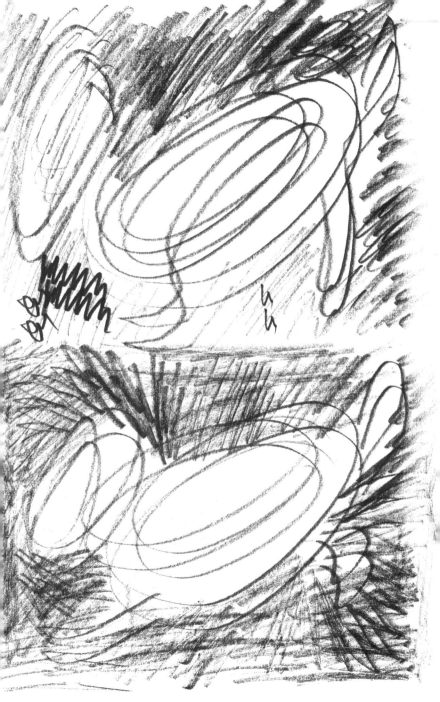

V.

儀式日常

日常：錄音筆記

沒有一塊石頭長一樣
沒有一次發聲相同

就連震盪，迴響
空氣在房間流動每秒鐘不一樣
至少我這樣想

沒有一次演出同樣
沒有一次歌唱同樣

因為不是機器，我只能犯錯
因為不是拍子機，我只能犯錯
因為不是網路地圖，我只能拐彎轉圈走迴路有時陷入
死胡同，但死胡同的迴音我愛呀
因為不懂節拍，因此唯有腳踏，唯有腳踏
可能路就在口邊，但我羞於發問，兜很多個彎 s

你永遠只能向前走，而且變老
不一定聰明些，不一定清醒些

你只求進入一種狀態
但努力無補於事你需要的不是努力勤奮因努力勤奮沒有用

老師說的盡是謊言what a big liar

只求進入篤定只求進入狀態或意識進行宗教儀
式並立令嚴肅禁止
只求輕省，凡事輕省，凡是輕省
而腦袋清空

沒有一次發聲相同
沒有一 track 錄音同樣

把房門緊閉把窗戶緊閉把冷氣關掉有時關燈且
一直流汗
所以多喝水。最緊要

上火車

你知道每次說再見講 byebye 都可能係永別
冇電話喺手冇耳機 [2]
難得清醒
喺好多夜人潮以後 [3]

我只係一個路過花蓮嘅旅人 [4]
路過地球嘅外星人 [5]
相逢
我話見好就收

再過兩站
再過兩站我會習慣

---

2 沒手機在身邊沒耳機
3 在許多夜人潮以後
4 我只是一個路過花蓮的旅人
5 路過地球的外星人

有聊無聊逛宜德

想買幾個有音符的門鈴回港當手信
逛宜德，逛宜德，最喜歡逛宜德
但有音符那個門鈴
不見了我拿著另一個沒音符的門鈴問店員
欸，請問，請問還有沒有那個有音符的門鈴
有音符的門鈴？哪個門鈴
他們一個傳一個
每個人重複翻著同一排沒有音符的門鈴想要找
那個傳說中有音符的門鈴
什麼音符？沒有音符呀，男人說
有啦……
我買過一個，上面有音符，就有一個圖呀
音符？什麼音符？下一個男人又來了
沒有音符呀，現在都沒有音符，
他邊翻著同一排沒有音符的門鈴邊說
驚動整個宜德，他們都在找那個傳說中有音符的門鈴
什麼音符呀？沒有音符呀，男人說
我也不知道如何是好：
就是那個門鈴按鈕，上面有個音符的呀
傳說中的音符驚動了整個宜德
好像有人見過，好像沒有
也再沒有人看過那音符
即便看過那音符的，也無從向他人訴說：
我有，我有看過
我看過那音符就印在那顆按鈕上

只要你按，你就聽得見

二十分鐘

我用爛掉的聲線拋出謎語
無人問我謎底為何
我按幾下音符開關讓牠一直重播
旋律誰能聽見惟我不清楚
要聽你必須親手按
要解開謎，必先意識到謎才對

我一直看著一直看著身前那寸地板
我的麥克風頭
略過人頭以後遠方那道白牆

我沒有走來走去
我嘴巴張張合合
有時我發聲我都在抖這一場在於表演顫抖
好看不好看
觀看他人緊張好玩不好玩？
我一直佇立
我想背台看對街
人來人往我知道我這二十分鐘跟外面整個世界毫不相干

嘴巴張合張合略過目光為保護一個很裡面的
遠方那道白牆我一直看
眨眼
眨眼以後風景一樣

無法度按捺

WiFi 無所不在我們就無法度按捺
你那麼想涉入一個群體，無縫
又那麼獨善其身

這裡沒有人活在現實沒有
如柏林每天幾千百個逃離家鄉的失業眾
冒充藝術家愈演愈純熟
或世界真有言靈？
急躁音樂人抱爛吉他上台沒錢領
有酒有掌聲

我聽 King Krule 聽他唱給自己聽
Easy Easy，毫無說服力
If all advice were autobiographical
他唱給自己聽

給我一本簿我為你創造
給我一具漏氣娃娃我給你填滿
給我一個命題我為之詮釋

這裡沒有人活在現實沒有
看不見勞動中的修路工人
路上沒幾個乞丐
連狗也輕省
現世的苦難省略

於是我覺得我在療養院，學習強大
活著只有精神狀態
這裡只有精神狀態沒有現實
我在學習強大

收斂水

每次要我寫我就哭哭啼啼
可以抽離一點咩
寫你不痛的事
不可以

開始大放音樂
音樂裡流動我可以
止住每秒鐘千百蒙太奇
保佑我
收斂我
鎮靜我
每當我跳
一二三四五六七

動身搖頭甩手轉彎
撼動你腦袋直至運轉停止
叫中央腦部停置，立即
腦腦漿喘息

每次要我寫我就哭哭啼啼
可以抽離一點咩
四肢律動腦袋就靜止
靜止到靜置到冷卻

時間

用力的刷，用力的刷，我每天用力的刷，
房間一下就充滿塵埃。

我用力的刷，用力的刷，希望迎來
一點風采，
欲掃走一個時代。

日常：嗯

整個房間都是蚊子的屍骸
好些被一下壓扁 好些我追逐、滑過
牆上班駁

一只蟑螂就在我窗邊走過

渴望成為所有人

你的自在我暗偷一把
妳的眼光我想進妳身體看看
一口採一口挖
「多深幾寸吧」
硬著頭皮猛擠
終換來
妳的眼光

他可惡的貪婪我倒進廁所沖水 byebye
深度與品味我可隨便拿？
我恆常缺失的邏輯？
「今個月沒貨」

A small dose of depression is maybe what I need
「但我只要約莫一杯 Espresso 的劑量
夠喝一輩子」

差點忘了還要借一把紅紅烈火
請放手讓我燒
一顆沉著
光滑的石頭放家門我將永遠安穩
外賣一打薯片
爽身粉
「服用過後
當真保證一生清脆輕省？」
我還要預訂下星期文豪的勇敢

售貨員說
「聖誕先返」

何處靜好

人生真唔撚係 [6]
一張機票解決得來
兩張唔得掂 [7]
或者三張可以 [8]

逃到世界盡頭終看見白光我想抓光
縱身一躍向光向光
垂直跌盪我傾向光向光
溫暖如斯灼熱如斯
瓦特三千比卡超你都痴尻線 [9]
重度燙傷嘅身體臉容扭曲雌雄都莫辨 [10]
係我
係我

原來溫暖嘅存在都係太撚熱 [11]
行唔到我爬都爬返出來 [12]
一盞黃燈映照我映照我
喂又係你呀黃小姐
係我
係我

6　人生真不是

7　兩張不太可能

8　也許三張可以

9　瓦特三千皮卡丘你都有病

10　重度燙傷的身體臉容扭曲雌雄都莫辨

11　原來溫暖的存在還是太熱

12　走不動我爬也爬出來

當烈日當空
影子從來都係一條跟尾狗

汪！汪！汪！
係我
係我
係我呀

想問何處靜好 ？
Siri Siri 話小姐
你究竟嗡乜尻 [13]

---

13 你到底說啥米

乜都有靈 [14]

「萬物皆有靈。」

那水龍頭和消防喉管也有？
製造機器嘅機器？ [15]
垃圾筒？
逃生出口？
印表機？
樹木之有靈那無容置疑

那保麗龍呢？

---

14 什麼都有靈
15 製造機器的機器

繞圈圈

總覺得我還是那
在外環繞圈圈的人
不知怎麼進去

我會敲那些門的邊邊角角
我請求獨角獸
她會尖叫

一切假假的不重要
看起來最重要都不重要

我會掀起某睡夢者的衣袖
呼空氣往圈圈裡頭
我往外緣，一直走

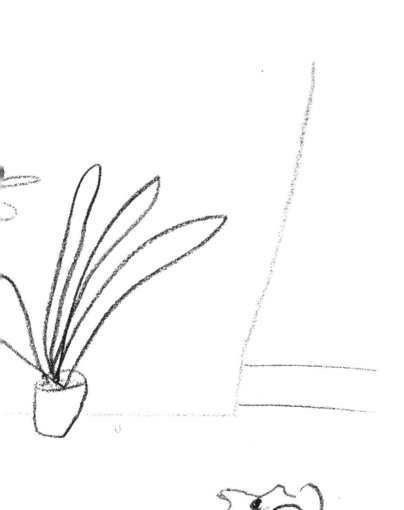

VI.

晃動來還原

？　？　？ [16]

我们是人类吗？
Are we human?

还是我们舞者？
Or are we dancer?

你的系统还好吗
Will your system be alright

手是冷的
ands are cold

我的手是冷的
My hands are cold

16 剪貼自 *The Killers "Human"* 歌詞英中翻譯

表情、速度、音色

quanto possibile　盡可能地。

quasi niente　幾乎無聲。

queste note　這幾個音符。

quietissimo　極安靜的。

（被奪去了的）自由的節奏

滾奏

音聽來

似乎連成一片。

sans pédale　不用踏板。

sans presser　勿趕。　勿慢。

始終是頓音

小錘 只打到一根弦

連續的　鼓的長音 滾動

更遠的；向前的

繼續的　　＞

悶住了的聲音 **要響亮**

相當地。

<u>可能地快。</u>

可能的

被搖動了的

稍快些

速度稍快地

朝向

<u>隨心所欲地</u> 出神

還要更快

還要更……；仍是……

不；不是；不要

不如此之多

不太過分

突強後立即弱

強即弱

重新

改高八度 演奏

改高八度

依匈牙利風格

熱情洋溢

使人激動（而至流淚）地

每次和聲改變的時候都換一下踏板

（即起來再下去）

深深的。

催趕：加快

果斷的

打一「下」、撫一「下」

用舌打

sans sourdine 不用弱音器。

la mano sinistra sopra　左手在上面。

右手。

左手。　　左手在下。

segue　不停地繼續下去；

不停地繼續下去；

不停地繼續下去

molta espressione　很多的表情

morendo　已死去的（逐漸微弱到無聲）。

塞住了的

很多的表情。

所有的弦　高興

sur le chevalet　在馬子上（演奏）

在 G 弦上演奏

　懇求的；央求的

　（故意）賣弄的

　從頭 ✛

　clò　這個。

　cioè　這就是。

très fort, mais très chanté　很強，但要儘量歌唱。

　♩ = **circa 120**　四分音符每分鐘 120 拍左右

用陰性結

尾　：𝅘𝅥𝅯𝅘𝅥𝅯𝅘𝅥𝅯𝅘𝅥｜𝅘𝅥𝅯𝅘𝅥𝅯𝅘𝅥　♪𝄾 ）。

捏死 ✏️ 编辑

捏死，漢語詞語，即兩個手指相互做功，對其中間的物體施加壓力致死。

中文名	捏死	外文名	strangle

兩個手指相互做功，對其中間的物體施加壓力致死。

一般對於有生命的物體。

迷宮內在

有一個渴望，我把路由器砸爛
我說話我手口都在抖那是因為
我試著陳述：
而平白般陳述痛倒還是痛———貪食蛇
笨拙的諾基亞你堅不可摧卻身懷鬼胎
貪食蛇，笨拙的諾基亞你身懷鬼胎也堅不可摧
一直追趕我的尾巴欲用尾巴捏熄捏死
這具有生命的物體。牠最近忙於伸張生長：
義正辭嚴害我吐口水反彈

作品存在惟本人
本人現實不存在：
虛擬帳號，限時動態
我活著讓你觀看要你觀看，我活著愛分享
娛樂你，**我大娛樂家**

極度疼痛還不夠還要全世界觀注我極度疼痛這
樣才爽才痛快

存在現實的歧義是悲哀
文學裡創造歧義的，你鬼才
就撿一個木箱站上去：把話說完
把話說完，為唯一的限時動態

我認識的每個人都馬的在逃離
還活著都不夠還要光鮮亮麗
去死，但去死要多死幾百次：

我祝福你。

事後孔明燈

我推開窗門
迎向風中的一個早晨
like at the end of the day
you'd become a sorta nourishment
腐爛的敗壞的災難的
無話咩戀愛狀態只有話咩權力關係 [17]
以至於那些足夠飢餓的冬日
把我逮捕以至於無能為力的眼神
我讓 Aveeno 的洋金菊塗抹在身淪為儀式我跟身體說
like at the end of the day
she'd become a sorta nourishment
事後孔明燈

今天我推開窗
迎向風中的一個早晨
騎上白色單車用以腳踏
like every day I lead my nun life at my 29
我想我非常歡喜我的單車
即便他日儲夠錢話買得起一架紅色的跑車
仍係會非常掂掛我白色的單車
踩──
讓全身能耐灌進輪胎
踩──
如欲移動，你必先勞動
如欲移動，你必先勞動
like only if you labour yourself

17 沒啥戀愛狀態只有啥權力關係

112

could it bring you somewhere
那麼簡單
打打耳耳打打耳耳巧得意 [18]
一隻緩慢的狗。

車輪上轉彎再轉彎
既定路口，陽光燦爛
而我總係比同一隻看門狗嚇親佢對我狂吠不止忠心耿耿 [19]
幾乎要為之動容
阿打打耳狗仔你每日花費嘅口水大費周章大費周章 [20]
值得咩？ [21]
幾乎要為之動容你忠心耿耿
dog person
I do prefer a dog person

有人係咁打蛋係咁打蛋自然有人係咁眨眼係咁眨眼 [22]
一物易一物個種押韻 [23]
蛋白包住蛋黃又眼白包住粒龍眼核
「愛過的人還是會一直愛呀。」

18 可愛可愛非常可愛非非常可愛
19 而我總是被同一隻看門狗嚇壞地對我狂吠不止忠心耿耿
20 阿可愛可愛狗仔你每天花費的口水大費周章大費周章
21 值得嗎？
22 有人不停打蛋不停打蛋自然有人不停眨眼不停眨眼
23 一物易一物那種押韻

但你比人 D 愛心愛心多到人密集恐懼症病發填撳
滿晒成個 HK Flash 留言版 [24]
咪咁啦
咪咁啦 [25]
咪咁啦

計我話，想你不過係種慣性收視 TVB [26]
哈你 TVB buddy？
「右腳踏地板，右腳踏地板」，Ina 話用你嘅腳 [27]
土地上蓋個印
好似隻打打耳狗仔揀一檽佢最鍾意嘅樹痾篤尿 [28]
「喂喺邊呀你？」 [29]
我話喺到，喺到 [30]
我喺到。 [31]

畫一幅具象狗如同影張相

24 但你給別人的愛心愛心多到人家密集恐懼症病發他媽的填滿填滿整個 HK Flash 留言版
25 不要這樣啦
26 照我說，想你不過是種慣性收視 TVB
27 Ina 說用你的腳
28 就像那隻可可愛狗仔選一棵牠最愛的樹尿尿
29 「喂你在哪呀？」
30 我說我在這，在這
31 我在這。

畫一幅具象貓如同影張相
畫一隻好似刺蝟嘅刺蝟不痛不癢 [32]
最唔鍾意不痛不癢 [33]

六年班年度陸運會嘅大球場 [34]
連環 360 度 turning 嘗試踢爛一塊木板 [35]
gimme a side kick, turning, 360 度 turning
拍爛手掌
只係我踢極都踢唔爛踢極都踢唔爛踢極都踢唔爛
踢極都踢唔爛我踢極都踢爛踢極都踢唔爛踢極都
踢唔爛踢極都踢唔爛踢極都踢唔爛個塊木板

冇話咩時間咩時間 [36]
冇又同我話咩時間咩時間 [37]
問我咩時間而家咩時間？ [38]
都話冇話咩時間咩時間 [39]

---

32 畫一隻好像刺蝟的刺蝟不痛不癢

33 最不喜歡不痛不癢

34 六年班年度陸運會的大球場

35 連環 360 度 turning 嘗試踢破一塊木板

36 沒說啥時間啥時間

37 甭又跟我說啥時間現在啥時間

38 問我啥時間現在啥時間？

39 我就說沒時間沒啥時間

絕種就得永生，絕種就得永恆。
綠色恐龍啡色恐龍清潔恐龍以死一搏：
為求一死一生一死一生
「永恆經典‧握穩永生入場卷」

生有時死有時但絕種就得永生，絕種就得永恆。

「我愛過的人還是會愛呀。」
喂咪咁啦 [40]
咪咁啦 [41]

---

40 喂不要這樣啦
41 不要這樣啦

計我話矛話咩時間咩時間 [42]
矛又同我講咩時間咩時間 [43]
我嘅時間又唔同於你嘅時間 [44]
矛呀，矛又同我講話咩時間咩時間 [45]
矛呀，矛又同我講話咩時間咩時間啦 [46]

（我推開窗門
迎向風中的一個早晨）[47]：

事後孔明燈

---

42 照我說沒說啥時間啥時間
43 甫又跟我說啥時間現在啥時間
44 我的時間又不同於你的時間
45 甫呀，甫又跟我說時間現在啥時間
46 甫呀，甫又跟我說啥時間現在啥時間啦
47 引用自歌詞，王新蓮及馬宜中的《風中的早晨》

晃動來還原

以空格鍵確認輸入

輻射

鐘聲

鈴聲商店

遊戲時間

允許的來電　　　　　　　所有聯絡人 〉

重複的來電

允許的來電　　　　　　　所有聯絡人 〉

重複的來電

我正在開車。

震動模式

單手操作鍵盤

我正在開車。

照耀

照耀

經典

海邊

鈴聲商店

電磁波暴露
晃動來還原

鈴聲商店
極光
經典
遊戲時間
永遠

後記：洗杯

有時候，一杯咖啡因上腦過後，我感覺自己，能摘取世間最最最重要———the thing we call gist。螢光筆精準對著那一句，圈起，放大呈現數位化的稜角、四方體、歪斜排序。其餘一筆勾消。彷彿世界，就是這一顆我手上黃綠綠的檸檬，而我有信心從中榨取，鮮酸的汁液，叮咚到玻璃杯。幾滴停留杯緣，惟待我舌頭拯救，舐，懸在尖。

當然，然後我會站起來。舉起大瓶的蜜，濃稠的蜜，傾倒下去。試圖以舌頭攪拌？舌頭太短。去加點水吧！倒也是。還是咖啡？他說要再來一杯？我隨手拈走他剛泡好的咖啡壺，混進蜜與檸檬———紅色的冰箱頂取冰塊，這整個冰箱滿滿的冰塊讓我覺得自己好富有———叮咚到玻璃杯，沉降、又浮起。於是在一杯咖啡因上腦過後，我獲得第二杯，加蜜、加檸檬、加冰。是要來一杯？要不再來一杯？但我已擁有全世界。

一磚吸收世界訊號的鐵———

名家推薦

（依姓氏筆畫順序）

《過動公寓》的音律節奏在字句之間出世入世搖擺晃動，晃動進入字句散發冥想光圈的敏銳與奔放，讀出詩人王和平日常生活微不足道卻最炙熱的瞬間，或許我該慢慢培養出散步回家的習慣，甚至不戴耳機，與路邊流浪狗一起等待紅綠燈走過斑馬線，一起搖尾闊首在城市留下足跡。

——高小糕（音樂人）

第一次見面的時候，我從王和平手中接過一張叫做《羊皮筏子》的專輯。那是她自己錄、自己賣的作品。我用哪一本自己印的小書回送她呢？想不起來了，只記得那時二○一七年，識於微時的時刻。王和平總是披著薄薄的外衣，素著一張臉，騎單車來與我會合。我會背一些她寫出來讓我笑的句子，像是「回去弄我的小黃瓜」、像是「舔，都舔」。那些年，志學街的顏色是淡淡的灰色，一盞橘色招牌醒目地與她融在一起。我總是記得，她那些句子裡嚴肅的不正經，以及枯燥日常裡幽默的遊戲性。讀《過動公寓》時，我感覺她沒有變，一些讓我懷念的舊作，一些讓我發噱的新作，它們一戶一戶點起自己的燈，成為一座公寓。幽默很難，一邊幽默一邊薄情（或用情至深）更難。這座公寓就是這樣的。很開心提前得到了鑰匙可以把門打開。歡迎你一起進來，這裡有一種過動的節奏，誰都能用自己的方式去搖擺。

——柴柏松（詩人）

我偏愛一種不安份的藝術家，比如高達。作品的身體，像一間活力十足的工作室、一次緊湊卻不乏意外的行動，心神卻投向別處。或者用王和平的詞，過動。

*

《過動公寓》的詩作，往往處於「意欲更多」與「心不在焉」的矛盾之間。撿拾一塊素材，她開始即興。幾乎都是不完整的。我欣賞不刻意去完整的定稿。

*

異於高達神出鬼沒與不群，王和平的敘述收錄更多小生活的 Lo-Fi 音樂與柔軟精。她的插圖線條，毛根樣，怪可愛。

*

海德格說，「語言是存有之家」。但王和平她常常不在家。

——陳柏煜（作家）

這部詩集不靠語詞拼貼堆疊，特別有表達的生猛力，具有當代詩的特色。作者的語言簡潔、詩思靈慧。詩集名稱，可以體會「過動」就是躁動，而「公寓」是房屋，身體也像公寓一樣的空間，所以過動公寓就是躁動的身心。詩人透過有情節的書寫檢視自我，詩語雖白，但有感染力，會促使讀者設想情境，彷彿身歷其境。最難的是作者敏銳地找到一些人生情境，帶出一種說不盡的人生況味。作者有看似顧左右而言它，實則意有所指的妙筆，整部作品最大的特質就是「曖昧」。

——陳義芝（詩人，周夢蝶詩獎評審）

和平的激越之處，正是她看似最鬆弛之處。不避諱使用那些虛詞重複詞來加速連續無形中純唇齒的張力，那種有意跳針而極簡極簡的迴音式平衡。聽音樂我常常，最信任那種在節拍上和聲上願意挑釁（或者和平說，調戲）閱聽者的，因為，不任性算什麼藝術？我很難想像，詩，也可以這樣，且往往就在音效崩壞的臨界點，幸逢天賜的和平，用魔鬼的舌，天使的刀叉，使這本詩集的氣口始於俐落而終於辛辣，恣意裁剪，也可供萬般咀嚼。

——蕭宇翔（詩人）

推薦跋｜張寶云

娥們的海底輪趴踢之舞

「傅科和他所讚賞的文學家們和作家們，其從事創作的目的，不是為了建構某種永恆完美的體系，也不只是為以撰寫出由優美的詞語所構成的文本，而是、也僅僅是為了建構和豐富自己的具有獨特風格的個人經驗：一種隨時不斷更新的個人經驗，一種能夠引導自己跳出舊的自我、開創新的領域的個人經驗，一種不斷把自己推向生命的極限、達到最切近『不可生活』的可能領域的個人經驗，一種令人一再瘋狂的個人經驗，以便透過這種奇特的個人經驗，使個人『主體性』不斷得到改造，時時蛻變成預測不到的新生命型態。」──高宣揚《傅科的生存美學》（頁33）

2014年雨傘運動、2019年反送中運動、2019年年末新冠疫情爆發，回顧過去十年香港史幾乎是東方明珠的黯滅史，現今三十歲左右的香港年輕人是否經歷著香港從豐豔到頹唐的翻倒十年？在他們正要開展的青壯時期卻履遭政治和經濟的雙重挑戰，許多港人離港遊世，弄人的造化得去到遠方未能融入的口音之中，延異拓樸地再造生存。

那幾年東華華創所迎來好幾位文青研究生，說著不甚流利的臺灣島國語，暫且寓居此地。而彼時當初我從另兩位學生柴柏松、黃子真的口中提到一位頗具才華的女學生剛從香港高樓過海到後山志學小鎮學習吃土生活：「她是一名歌手，會畫畫，也寫詩寫小說」。我後來才意識到有才華的人會很注意其他有才華的人，而她們都是才女們，我有幸（因生理女佔了點便宜？）混入其間。（世局在變，臺灣島是否亦覺得有幸收留過這群漂浪的靈魂？）

　　當王和平選了夏宇的《這隻斑馬》做期中報告，我發現她偶爾背著雙手走來盪去可能連報告都綵排過，因為整場訴說居然是有節奏感的，我心裡暗暗稱奇，怕是教書二十年來的唯一一個，注意到節拍、過場、聲音的抑揚以及觀眾反應，之後的創作計劃更精采，我簡直覺得參與者都應該掏出腰包購票入場聆聽這絕美的詩小說發表會，會中是否已預言她如今可去到台大音樂所念博士班？

　　另一件有幸之事替她寫了在《幼獅文藝》的推薦文〈虛擬世代的電音派對〉，想不到還有後話是也推薦了她的小說《色情白噪音》及現在這本《過動公寓》。我們漸漸相熟，有一天她來找我做靈性療癒，我因此窺見她靈魂裡的某些原型。其中一段我靈視中的影像她後來

告訴我那是她房間裡掛在牆上自繪的一副畫，我妄自取名為「娥們的海底輪趴踢之舞」，而王和平把這幅畫的局部寫在小說〈色情白噪音——那不是河、不是雨〉中。

《過動公寓》會否與《自己的房間》、《生死場》、《紅玫瑰與白玫瑰》、《2046》有點兜串勾連的可能性呢？十七歲的維吉尼亞·吳爾芙、蕭紅、張愛玲說我的心是一所公寓房子，然後門上有個數字，到底該不該進去？到底該不該被打開？王家衛的鏡頭竟能表現出各種狩獵型態下的繞圈徘徊？這些問題像是在這一兩百年中間被徹底地讓靈魂和肉體被持續地、公眾地拷問著。也許王和平用一本小說和一本詩集去回答這個命題篇幅還是太少了，女人們是否會為自己和他人的海底輪感到迷惑？我不知道，我一直是滿迷惑的（我不應該偽裝我是清醒的）。

詩分六輯，讀者可以逐步從外圍環走到中央，從各種中文、英文、貼文、港文、手機文穿織成一幅幅語言景觀模式裡，去一筆筆意會出詩裡的線條情意空間、音樂性、身體性、時代性，王和平驚人地熟稔於語詞款擺繾綣佻達之術，依此犯禁、顯擺或者高蹈於世間，在這些故作姿態的語詞背後是什麼？只是純粹才女光芒的炫示嗎？或者這完全是二十一世紀當下

的現在時空，有人正逸離出俗世的既定框架而預備以獨有的形音色橫空起舞呢？儘管外在是崩坍的港埠、陌生的鄉野、茫茫煙水的未來，她說：「咖啡因過動的星期三／我抵達熱鬧的城鎮時天色已暗／卡爾維諾導我穿過看不見的城市千百：水晶體、馬蹄、／堅挺的乳房／馬可波羅你我未曾相識同為異鄉客／輕盈的城市與慾望萬千你操控著符號熟練／仍不及太平洋」（〈咖啡因過動的星期三〉）。

時不時臉紅心跳故作鎮定直到讀了〈我進去了那家書房〉又很安穩起來，「這是家奇怪的書房因為奇怪的人如此理直氣壯／還腳踏實地，／害我也如此尷尬我自己——／櫃子裡安放、／寧多穿戴一件斗蓬隱形也不願直視：／創作，／即本命。」好似海底輪的正中央核心性走入其實還是一座書房，唉呀不知曉是否讀書不夠多誤我一生？去掉這顆頭腦只剩海底輪會否更好？不知曉，剪去一些頭髮還是剪去一些字句會更好？

一種符號學式的語言操演在「晃動來還原」這一輯中被推向閱讀的極限體驗，有否超越夏宇女皇得由看倌們來判定。我頗鍾意那種港味口語延宕出來的書寫情調，在徹底地亡國之後女流們娥們都去了哪裡？她會否擁有了自己的音樂性／時間性？

逃到世界盡頭終看見白光我想抓光
縱身一躍向光向光
垂直跌盪我傾向光向光
溫暖如斯灼熬如斯
瓦特三千比卡超你都痴尻線[1]
重度燙傷嘅身體臉容扭曲雌雄都莫辨
係我
係我

原來溫暖嘅存在都係太撚熱[2]
行唔到我爬都爬返出來[3]
一盞黃燈映照我映照我
喂又係你呀黃小姐
係我
係我
當烈日當空
影子從來都係一條跟尾狗

—— 〈何處靜好〉

　　我在詩裡又看出了一點端倪，該不會娥們
是天生的語言多元觀的實踐者？因為娥們註定
會有語詞的變動是來自於不斷投身向遠方的誰
所帶來的鄉音驟變、多元混聲成新鮮語音義的

---

1 瓦特三千皮卡丘你都有病
2 原來溫暖的存在還是太熱
3 走不動我爬也爬出來

子宮，而不管你生不生得出一個混血孩子？但現在恰好生出了一本詩集，創作者是否也忽然地引領我們去到未知的年月裡？

　　也許我的海底輪困境在於我不知道如何表達出我的愛意，我總是用冷淡來回應這一切，畢竟冷淡的時候頭腦還可以有點思考。但王和平不冷淡不排斥愛喔愛、愛到發癲、愛到殘缺不全、愛到「幅射／鐘聲」、愛到「遊戲時間」，在系統、虛擬、孔明燈、手和很多表情的割裂和拼接裡，斷續地擊打幾個聲符，我盡量不流露出我的同情（那可能顯出我的怯懦），我寧可表達出我的敬佩，敬佩於王和平靈魂裡一往直前的投注奮不顧身，即便時代的喧囂扯緊一代人的國族惶惶之感，她要去到自己內在的最前緣，本命的前緣。

　　或許你手捧的並不僅只是一本詩集，而是一枚熱切的、發著紅光的海底輪。

（本文作者張寶云，為學者、詩人，現任東華大學華文文學系副教授。曾與林婉瑜合編《回家——顧城精選詩集》，出版詩集《身體狀態》、《意識生活》。作品曾入選《創世紀》、《當代臺灣文學英譯》、《中國散文詩人》、《臺灣 1970 世代詩人詩選集》等。）

周夢蝶詩獎得獎感言｜王和平

尊重所有想飛的人

　　在此，我想先感謝周夢蝶先生。能獲得以他命名的詩獎，對我來說是很珍貴的祝福與禮物。它彷彿也是一則提醒：只要想到周公和他的詩，總會覺得——許多世俗的表現，都顯得多麼造作、多餘——謝謝周公。

　　《過動公寓》這一批詩，大部分寫在花蓮，甚至是我二十六、二十七歲左右的光景。圖片就是我在花蓮住過的一個房間，我日日夜夜看著前面那棵樹，還有旁邊的電錶箱。2021 年我在九歌出版了第一本小說集《色情白噪音》，而這一批詩，許多比我的小說還要早完成。相對小說，我對寫詩，其實沒那麼大的企圖心。我想，可以說，是因為花蓮這片土地，才會讓我對詩，有所靠近。

　　這一批詩，也就是我第一次認識詩的證明。

　　對於《過動公寓》，遲遲沒有出版，可能是我自己還抓不準它的價值、高低。創作時，有許多非常爽快、興奮、腦部高潮的時刻——這些都是我和文字、聲響、意識遊戲的時刻。也有許多的詩，僅僅只是寫在一個瞬間。然後我昨天試著思考：「一個瞬間」，到底代表著什麼？

僅僅一個瞬間。但這瞬間背後代表著整個天時地理人和、太陽空氣水分泥土、和我當時心情的總合。是我把我自己放在花蓮，在那個被大自然保祐的創作所時期，種種結合起來，才得以成就這所謂：一個瞬間。因此，我認為《過動公寓》是可一不可再的。因為那個魔法，是限時限地。

　　2017 年，我只是抱著離家出走的心離開香港。從小到大在香港長大，但我一輩子都在逃離這個地方。如同有些人花一輩子處理自己和原生家庭的關係，我也一輩子在處理我和我原鄉的關係，試圖和解。所以在某種意義上，這等同我一直回去。

　　在臺灣只要開口講兩句，就會有人問我，你哪裡來——然後你又會發現：你逃不了家國、傷痛、主體性的問題。這是，日常生活的問題。

　　於是曾經我一度跟別人說，要學好中文，洗掉我的口音、從此當個隱形的人。然後我的老師說：「你要洗掉你的口音嗎？不就洗掉你自己的一部分？」

　　在東華華文所這幾年，接觸了「華語語系」這個概念。華語語系與酷兒理論，有許多重疊的部分，兩者都是站在邊陲，對抗中心的收編。或是在被排擠的過程中，試圖重

構自己的主體，發出聲響，同時，調戲所謂的正統、純種、與正常。

　　華語語系與酷兒，本質上，都是個混種兒。他們的存在，就是多音多義、眾聲喧嘩、多重性別、拒絕單一定義。有些人出生，困在與自己性別認同錯置的身體裡；而有些人，在一個過動的身體裡，遊移著性別遊移著性向。有人，被困在一個地方；有人，不得不離開。而大部分人，其實，我們的意識是同時落在各個地方的。（我曾住在中壢，喜歡中壢的混雜，後來發現，是來自於我喜歡香港的混雜。）

　　尊重所有想飛的人。尊重所有不想飛的人。

　　如同我後來發現，我的口音就是我的一部分。《過動公寓》裡頭語言的混雜，粵語、英語、中文並置，那都是我的碎片。他們之間，沒有誰比誰高尚。語言，應該是平等的。官方與非官方，那只是由上而下的定義。

　　回頭去看，就會發現愈多的身分、愈多的地方、愈多的性別、愈多的傷口，就有愈多體認他人的入口。愈多的曖昧不明，愈多的尚未定義，有愈多可能性。

　　史書美說：「離散有其終時。」王德威又說，「離散有可能是一種能量（agency）。」當一個地方，包括你的原生地，「不再是安身立命

之處」（王德威語），你自然可以做出基於個人意志的選擇離開，而非懷著愧疚感，過你的餘生。我們的身體也就是一片地圖，有過各種被殖民的痕跡，在認知到各種暴力以後，再試圖重構自己。

加拿大小說家 Sheila Heti 有一本小說叫《Motherhood》。敘事者提到自己，從小的願望是當一隻烏龜。烏龜的存在，好像就是背負自己的家，到處走。牠的殼，就是牠的家。牠自己的身體，就是牠，最終的地址。"Because this body is my last address."——王鷗行（Ocean Vuong）

感謝評審的肯定——給予這部作品一點信心，讓它離出版，靠近一步。感謝有前人提出這些理論與思想，提醒我，人的多重性、多元性、多重主體性。

感謝詩的公寓，給予我曖昧不明的合法性。

謝謝。

——2023 年 5 月 20 日，明星咖啡館，臺北，第六屆周夢蝶詩獎頒獎典禮

＊ 標題引自樂團沙羅曼蛇《地下情人》專輯歌曲〈尊重想飛的人〉

王和平 Peace Wong

攝影／高穆凡

一九九一年生於香港，臺灣花蓮志學站再發明，待過中壢、現居臺北。香港浸會大學英文系，東華大學華文文學研究所藝術碩士，現為臺灣大學音樂所博士生。著有音樂專輯《路人崇拜 about a stalker》、小說集《色情白噪音 that's the hormones speaking》（獲後山文學年度新人獎、入圍台北國際書展大獎、Openbook 好書獎），同步發行實驗單曲〈你是我所有的前席，所有的前夕〉。自出版 Artist Book 數本：《日常：錄音筆記》、《sapphic soul 藍寶石靈魂》等。詩集《過動公寓 It's the caffeine dancing》榮獲周夢蝶詩獎首獎。

網站：peace-wong.com

王十七平 17ping｜內頁繪圖

混種兒，海邊生活的五歲孩，本性疑似過動。
一天若能繪圖數十張，則得意非常。

他日想出版畫冊。

AK00404

過動公寓
It's the caffeine dancing

過動公寓 *It's the caffeine dancing* / 王和平著.
-- 初版. -- 臺北市：時報文化出版企業股份有限公司，
2023.12
面；　公分
ISBN 978-626-374-745-6 (平裝)
851.487　　　　　　112021054

作者	王和平
執行主編	羅珊珊
校對	王和平、羅珊珊
封面設計	廖韡
內頁設計	wen gum gum、王和平
內頁繪圖	王十七平 17ping
行銷企劃	林昱豪

總編輯	胡金倫
董事長	趙政岷
出版者	時報文化出版企業股份有限公司
	108019 臺北市和平西路 3 段 240 號
	發行專線— (02) 2306-6842
	讀者服務專線— 0800-231-705 · (02) 2304-7103
	讀者服務傳真— (02) 2304-6858
	郵撥— 19344724 時報文化出版公司
	信箱— 10899 臺北華江橋郵局第 99 信箱

時報悅讀網	http://www.readingtimes.com.tw
思潮線臉書	https://www.facebook.com/trendage/
法律顧問	理律法律事務所　陳長文律師、李念祖律師
印刷	勁達印刷有限公司
初版一刷	二○二三年十二月二十二日
定價	新台幣三二○元

（缺頁或破損的書，請寄回更換）

ISBN 978-626-374-745-6
Printed in Taiwan
本書榮獲第六屆周夢蝶詩獎首獎